世界家具之风

SHIJIE
JIAJU
ZHI FENG

王默根 王佳／编著

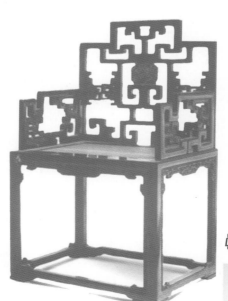

化学工业出版社
·北京·

家具不仅是人们生活中的器具，而且能够透射出不同国度、不同地域、不同时期的生活方式、文化内涵和时代信息。本书编入了各国不同时期最有代表性的家具造型设计，注重家具的不同设计理念、审美意识及工艺制作手段，力求展现不同造型风格及形式上的多样性，目的是使读者欣赏到世界家具造型设计的历史风采，并对专业设计人员和家具设计爱好者探索家具设计规律、启发设计灵感具有一定的参考价值。

本书可供家具设计人员和家具设计爱好者参考，也可作为高等院校设计专业的教材。

图书在版编目（CIP）数据

世界家具之风 ／ 王默根，王佳编著.—北京：化学工业
出版社，2008.6
　ISBN　978-7-122-02990-4

　Ⅰ．世…　Ⅱ．①王…②王…　Ⅲ．家具–世界–明清
Ⅳ．TS666

中国版本图书馆CIP数据核字（2008）第078923号

责任编辑：李玉晖　金玉连　　　　　　　装帧设计：金视角工作室
责任校对：徐贞珍　　　　　　　　　　　版式设计：北京水长流文化发展有限公司

出版发行：化学工业出版社（北京市东城区青年湖南街13号　邮政编码 100011）
印　　装：化学工业出版社印刷厂
787mm×1092mm　1／16　印张8　2008年9月北京第1版第1次印刷

购书咨询：010-64518888（传真：010-64519686）　售后服务：010-64518899
网　　址：http：//www.cip.com.cn
凡购买本书，如有缺损质量问题，本社销售中心负责调换。

定　　价：36.00元

前言

　　家具是人类所创造的美的文化艺术的一个组成部分，是科学技术与艺术相结合的具体体现。家具设计开启了人类无穷尽的创造能力。从家具产生以来，家具就与人们生活紧密相连，密不可分，无论工作、学习、娱乐都离不开家具的陪伴，家具的发展在改变着人们的生活环境，影响着人们的行为和情绪。家具以满足人们生活、工作需要为目的，以满足人们对享受生活的追求为理想。

　　现代家具设计越来越注重功能性与形式美的结合。功能性是家具设计本质，只有在满足功能的前提下，家具才能具有实用价值，如果只注重功能而缺乏形式上的美感的家具是不受欢迎的，而只注重形式上的美感而缺少使用上的舒适功能，则只能作为室内装饰物。只有二者相互结合得体，才能真正体现家具设计特有的品质，使人们在使用家具中获得精神上的愉悦。

　　现代家具不仅作为人们生活中的器具，而且能够透视出不同国度、不同民族、不同地区的生活方式、文化内涵和时代信息。

　　在家具发展的历史长河中，我们可以领略到世界家具的光辉灿烂文化。从英国的工艺美术运动到德国包豪斯现代设计运动，再到意大利、北欧家具设计，无不体现出人类创造的价值，极大地推动了世界的进步和发展。

　　我国家具发展有着几千年悠久历史，每个时期的设计都显示出鲜明的民族风格，它是我国民族文化的象征。在现代科技水平迅猛发展的今天，家具设计如何继承和发扬我国民族传统的特色，汲取国外现代先进设计思想和信息，为我所用，加速我国家具业的发展，是我们所面对的一大课题。

　　随着社会的进步，人们物质生活和文化素质水平的不断提高，室内设计得到全面提升，家具在室内的地位显得更为重要，它成为室内空间设计陈设中一个主体。室内设计再好，如果没有好的家具来陈设也不会得到完美的室内效果。所以家具设计与室内空间密不可分，它将成为室内设计和人们生活中不可或缺的一道亮丽的风景。

　　本书编入了世界各国不同时期最有代表性的家具造型设计，在编辑过程中注重家具的不同设计理念、审美意识及工艺制作手段，力求展现不同造型风格及形式上的多样性，目的是使读者欣赏到世界家具造型设计的历史风采，并对专业设计人员和家具设计爱好者探索家具设计规律和启发设计灵感具有一定的参考价值。

作者

2008年3月

目录

CONTENTS

第1篇

家具发展史简介

家具的发展是随着社会、政治、文化和经济的变革发展的结果。要了解不同时期家具的发展概况，首先要明确每个历史时期的不同阶段，从而加强对不同阶段家具风格的认识和了解，设计家具造型时可以作为借鉴。

1 中国古典家具之变革

中国家具有着悠久的历史。中国人的起居方式从古至今有席地坐和垂足坐两个阶段。在原始社会人们没有家具的概念，人们生活都是在地上进行。先民们用树枝等织成席子铺在地上做为垫子，或许席子就是中国古代最早的家具了。

1.1 先秦家具

先秦时期是中国古典家具发展的原始阶段，当时就出现了木制家具的萌芽。从现今出土的文物和文献中证实这一时期有了木床的样式。

1.2 春秋战国、汉代家具

春秋战国、汉代时期，家具的制作不断出现更新，家具的品种越来越多，工艺水平日益提高，这一时期的家具有：床、几、案、桌、柜、箱、屏风、衣架等。除木制家具外还有青铜制成的家具。

汉代人们在席地坐的同时，出现了曲腿坐榻的习俗。

1.3 魏晋南北朝家具

魏晋南北朝时期随着生产力的不断发展，高型家具开始出现，有方凳、六方桌、圆桌、墩、双人胡床等。高型家具的出现，改变了中国传统的起居方式，由席地坐逐渐发展为垂足坐，并在家具上出现具有佛教内容的莲花纹、飞天纹图案。

1.4 隋唐、五代家具

隋唐、五代时期是中国家具发展的重要时期，这一时期由于经济繁荣，建筑业兴盛发达为家具的发展提供了想象的空间。

高型家具的品种、形式、质地和制作工艺不断丰富，而且家具比例尺度越来越符合人们垂足坐的生活习惯，唐代时期的家具特点：厚重宽大、气势宏伟、线型丰满柔和、雕饰富丽华贵。五代家具造型和装饰与唐代有些不同，由唐代家具厚重浑圆变化为简秀实用。

1.5 宋、辽、金、元家具

宋、辽、金、元时期家具的发展达到相当的规模，人们席地而坐的习俗完全被垂足而坐所代替，桌、椅等家具得到相当程度的普及，家具种类齐全并出现了炕桌、琴几、高几、交椅、圈椅、圆墩等。宋代家具确立了以框架结构为基础形式，其家具特点：坚挺清秀质朴、家具的腿足装饰变化丰富。

1.6 明代家具

明代时期家具是在宋、元家具的基础上发展成熟的，并形成了中国家具最有代表性的明式家具民族风格。明代经济繁荣，城镇发展迅速，家具需求不断增加，海外贸易往来频繁，郑和下西洋带来大量的优质木材如紫檀、黄花梨、鸡翅木、铁梨木等硬木，对明代家具发展产生了巨大影响。

明代是中国家具发展史上的鼎盛时期，这一时期的家具不仅在中国家具发展史上有着很

重要的地位，而且在国际家具发展史上有很大的影响力。明式家具品种繁多，由单件家具发展到套式家具，其造型变化丰富，有以下类型：几案类、椅凳类、床榻类、柜橱类、台架类、屏座类等。

明式家具在工艺制作上，榫结构应用非常科学，做法巧妙且牢固，流传百年不变形，是明式家具一大特色。表面上充分利用木材纹理和天然色泽之美，不使用油漆涂刷，而是在原木上打蜡。

明式家具造型特点：简朴素雅、端庄秀丽、结构严谨、做工精细、装饰繁简适度、比例尺度相宜、令人耐看、体现出独有的审美趣味和独特的明式家具风格。

1.7 清代家具

清代时期早期家具基本上沿袭了明代家具的制作方法，在家具造型上有了进一步的改进和提高，出现了很多明式家具精品。到了雍正、乾隆年间，家具造型制作工艺一改前期的明式风格。为了适应宫廷、府第的需求，家具造型由前代的挺拔秀丽，变为庄重浑厚、体态丰硕，每一部位都加大了造型尺寸。在装饰上，大量吸收各种工艺美术制作相结合的手法，家具上开始追求富丽堂皇的装饰，多种材料并用，玉石、象牙、贝壳、珐琅做镶嵌，用雕漆、描金制成漆家具。清代家具做工精细、线形流畅，由于过多追求家具表面装饰，有时忽视使用功能，使家具整体效果受到影响。到清晚期这种现象更为显著，家具的审美格调远远不如清初。随着中国沦为半殖民地半封建国家，家具发展逐渐走向衰落。

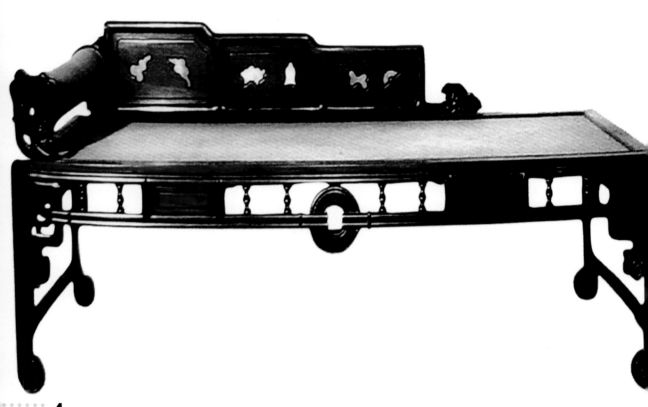

2.1 古埃及家具

国外家具最早出现在尼罗河下游的古埃及。公元前1500年以前就开始使用家具，现在保留下来的当时木制家具有折凳、矮凳、扶手椅、卧榻、箱和台桌等。从这些家具造型上可以看出，当时埃及工匠技术水平高超，能加工出裁口、榫接合工艺和精制的雕刻工艺，在椅和床的方形腿部常看到有狮爪、牛蹄、鸭嘴等形象造型，给人以庄重、威严之感。

家具表面装饰多采用动植物形象和象形文字，如莲花纹、涡状水纹、蛇纹以及几何形带状图案等。色彩除金、银、象牙色、宝石本色外，红、黄、绿、棕、黑、白在当时是流行的常见色彩。

2.2 古西亚两河流域家具

公元前10世纪至公元5世纪，在西亚的底格里斯河和幼发拉底河两河流域，先后出现古巴比伦帝国和亚述帝国，在这一时期都创立了灿烂辉煌的古代文化。据史料记载，当时家具出现了浮雕座椅、卧榻、供桌等，在方形腿部装饰与古埃及家具样式相类似，同样带有狮爪、牛蹄形腿，所不同的是在腿的下部加饰了一个倒置的松果造形。座椅上端常用牛头、羊头或人物形象做为装饰，很有特色。

2.3 古希腊家具

公元前7世纪至公元前1世纪，古希腊文化已发展至鼎盛时期。受当时建筑艺术的影响，家具的座椅、供桌及卧榻的腿部常采用建筑柱式造型，椅腿和椅背通常以轻快优美的曲线构成，并彩绘一些植物图案，座椅表面常用兽皮或一些织物，造型美观，而且具有舒适性能。

2.4 古罗马家具

公元前5世纪至公元5世纪，古罗马家具造型和装饰受古希腊家具的影响，很多部位造型都有相似之处，所不同的是腿部造型更为敦实、凝重，显示出一种力量感和罗马人善战的天性。在遗存的实物中，多为青铜和大理石家具，并有浮雕装饰，体现出古罗马帝国坚厚的艺术风格。

2.5 中世纪家具

中世纪家具分为两个时期，拜占庭家具和哥特式家具。

① 拜占庭家具（公元328至1005年） 当时古罗马帝国分为东、西两部分。拜占庭家具继承了古罗马家具风格，并结合了西亚、埃及家具的造型特点，形式上仿造罗马建筑上拱脚、柱围栏样式，上多采用象牙雕刻和镶嵌等装饰手法。之后旋木技术又广为应用，并在座椅表面附加金属圆铆钉装饰。纹样多以象征基督教的十字架、圣徒、天使及狮子、马、几何纹样为主。

② 哥特式家具（公元12至16世纪） 起源于法国，14世纪开始流行于欧洲的一种家具形式。家具造型与哥特式建筑相结合，融合了尖拱、尖顶、细柱、垂饰罩的样式，外形挺拔、高耸，比例匀称。哥特式家具主要特征在于浅雕和透雕的镶板工艺制作的装饰上，做工非常精致，雕刻图案大都具有寓意性。色彩多为深色，营造出一种庄严、神秘的宗教氛围。

2.6 文艺复兴家具

文艺复兴（公元14至17世纪）是以意大利为中心开始的复兴古希腊、古罗马文化运动，要求人们摆脱宗教的束缚，倡导以人为中心研究科学、认识自然、造福人生。文艺复兴家具风格特点是注重材料、结构和形式的多样化。造型以浮雕和绘画相结合，表面以金色来装饰，设计简朴、庄重、威严，比例匀称，具有古典的美。

2.7 巴洛克家具

巴洛克家具（公元17世纪至18世纪）起源于意大利，后来在西欧广为流行，也称路易十四式家具。巴洛克家以豪华、富丽堂皇、淳朴厚重的古典形式著称，线型曲折多变化，并采用麻花形和涡卷形相结合，打破以往宁静的和谐感，并注重与建筑、雕刻、绘画的融合并用，很有创造性和想象力，有的特征受到中国家具的影响，如腿部造型弯曲，并施以金色。

2.8 洛可可家具

洛可可家具，也称路易十五家具，是继巴洛克家具之后发展而来的。它完全改变了文艺复兴时期的家具特征，明显特点在于，家具造型很少使用对称形式，追求一种华贵雕饰、优美、雅致、奇特的装饰效果，既有雕刻和镶嵌，又有镀金、涂漆和描绘，并以轻快回旋的凸曲线和精细纤巧的雕饰与舒适巧妙结合，自由流畅，色彩金碧辉煌，材料多以胡桃木为主。

国外现代家具兴起于19世纪下半叶的英国。1888年由英国人莫里斯等倡导的工艺美术运动，其主要目的，是对过去的装饰艺术以及家具式样进行改革。由于工业化的进程，使家具由古典装饰，转变为简洁、价廉、适于工业化批量生产的大众家具。随着这一运动不断扩大，很快这一设计思潮传播到整个欧洲，并导致"新艺术运动"的产生。

3.1 新艺术运动家具

新艺术运动是在1895年左右在法国开始兴起的一场设计思潮。由于当时的经济发展，促进了科学技术的不断进步，新艺术运动反对传统的模仿，倡导艺术和技术的结合，倡导艺术家要面向社会从事设计工作，从此产生了一批新的设计产品，满足人们的社会需求。这一运动影响了整个欧洲的艺术变革。新艺术运动摆脱了古典艺术的束缚，寻找到一种新的装饰造型风格，从此产生了风格派家具。

3.2 风格派家具

风格派家具于1917年出现在荷兰莱顿，当时由万杜埃士堡成立了一个设计团体，其成员都是当时比较有名的艺术家、建筑师、设计师，创办了美术期刊《风格》，"风格派"由此作为这个设计学派的名称。风格派家

3

国外现代家具之变革

具的特点是采用了几何形的立方体、长方体以及垂直水平面来组成家具造型。家具造型简练概括明确，富于秩序性。色彩多以黑、白、灰和红、黄、蓝为主要颜色，追求一种冷静的完美比例效果。1918年雷特维尔德设计了红、蓝扶手椅，红、蓝扶手椅的出现，为现代家具设计产生很大的影响。

3.3 包豪斯家具

包豪斯是德国建筑设计学院的简称。1919年包豪斯在德国魏玛市成立，包豪斯的教育思想主张设计要面向社会，面向工业化生产，强调设计功能，强调形式、材料和工艺技术的统一，注重运用不同材料的相互结合，并开设了木工实习工厂，培养学生创新制作能力，出现了一批杰出的家具设计师，在设计上创造了一整套新模式。

当时著名的家具设计师布鲁耶早期的设计，受到风格派的影响较大，后来把自行车的镀铬钢管用在椅子的框架，并与皮草和帆布相结合，以其简练、轻巧、坚固、便于批量生产等诸多优点，迅速被广泛地应用。

包豪斯家具的风格注重线条在构图上的动感和材料肌理的对比，充分发挥和挖掘材料本身的质地美感，从而使家具样式完全脱离了传统的装饰风格，成为现代家具设计一个潮流。

3.4 二战后的家具

二战后家具发展迅速，美国家具设计师伊姆斯·查尔斯以设计座椅著名，他设计的一些座椅在纽约艺术博物馆的展览中引起观众注意。他利用模压工艺设计了一组玻璃纤维增强树脂塑料椅，并在比赛中获奖。随后又设计了铝合金椅，在座椅的连接部件中采用了硫化橡胶，很有特色。

贾可比森·阿恩是一位建筑师，他利用多层板设计出层积弯曲的木椅，既优美又舒适，在世界上广为流行，并获米兰博览会大奖。

德·巴斯·杜尔比诺、劳马兹和斯科勒里是意大利设计师，1967年他们共同成功地设计出充气沙发。

意大利的伯托伊·赫里从1943年开始从事家具设计，并设计出颇有特色的钢丝结构椅。

二战后家具业随着新材料、新工艺的不断开发和国际交流的发展，现代家具款式不断变化，出现了前所未有的新局面。

第2篇

现代家具设计欣赏

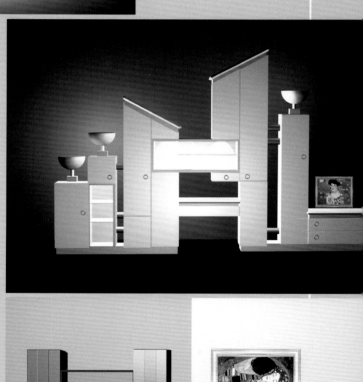

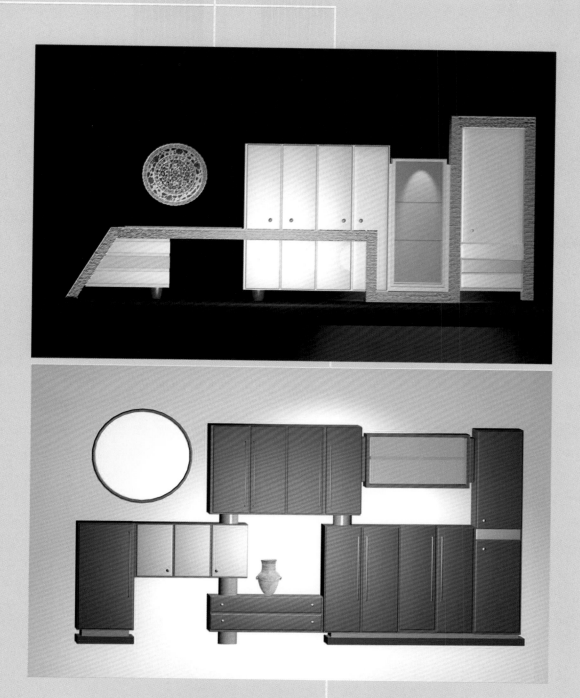

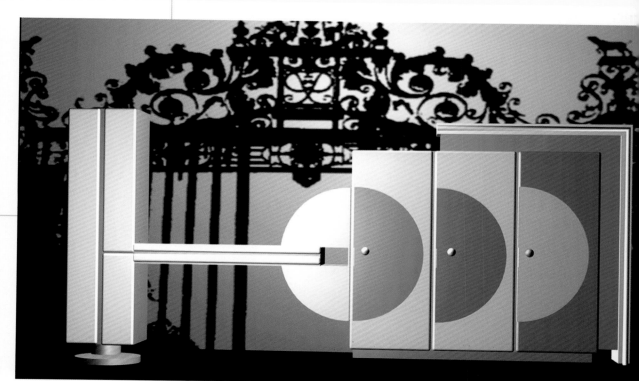

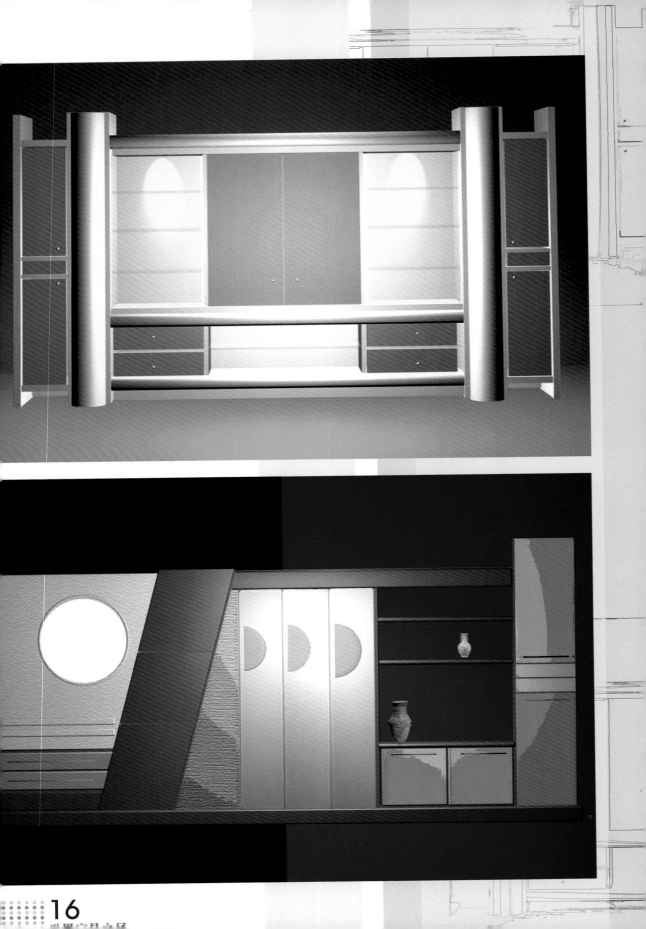

第3篇

中国明清家具欣赏

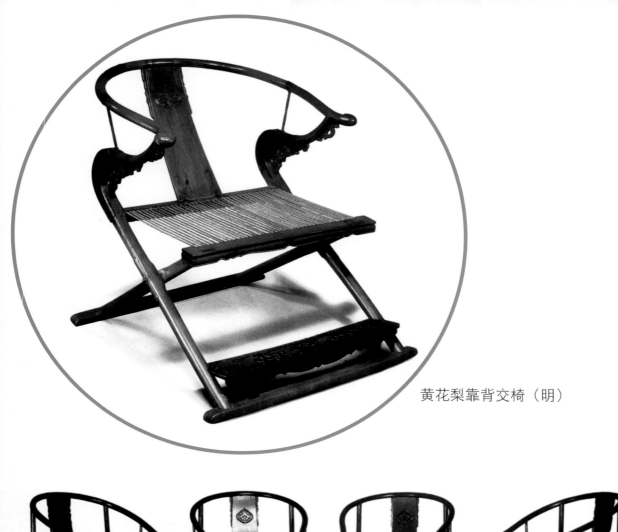

黄花梨靠背交椅（明）

黄花梨圈椅（明）

黄花梨宝座（明）

黄花梨靠背交椅（明）

紫檀木荷花椅（明）

铁梨木长扶手椅（明）

榆木长排椅（明）

黄花梨长桌（明）

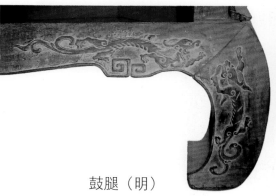

鼓腿（明）

黑漆剑腿画桌（明）

榆木黑漆雕花方桌（明）

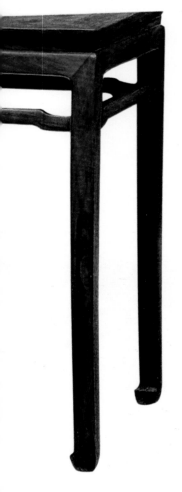

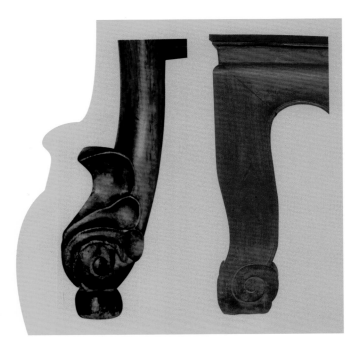

直腿内翻马蹄（明）　　　　卷草足（明）　　　内翻云纹马蹄（明）

黄花梨方角柜（明）

黄花梨龙纹联二橱（明）

黄花梨衣箱（明）

镂空雕卷草花鸟图槁扇门（明

黄花梨宝座式龙纹镜台（明）

南木云龙贵妃椅（清）

黄花梨木太师椅（清）

鸡翅木扶手椅（清）

黄花梨福寿纹矮坐椅（清）

红木雕龙宝座（清）

黄花梨椅（清）　　　　紫檀扶手椅（清）

红木镶嵌太师椅（清）

紫檀木扶手椅（清）

紫檀木六方桌（清）

龙纹鼓形圆桌（清）

黄花梨番莲纹扶手椅（清）

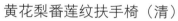

红木靠背椅（清）

核桃木宝座（清）

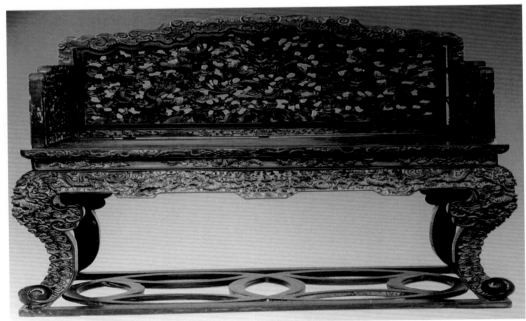

紫檀云龙纹宝座（清）

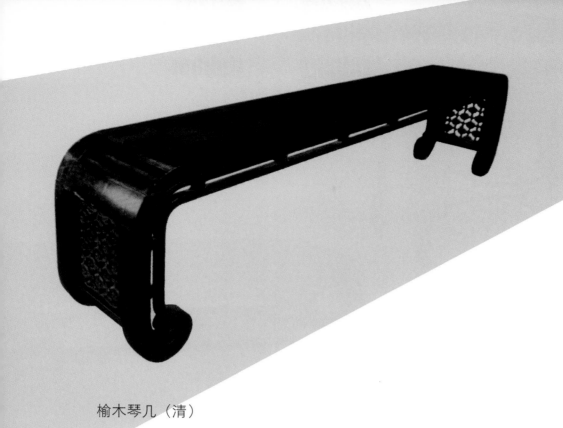

榆木琴几（清）

紫檀小宝座（清）

紫檀六方桌（清）

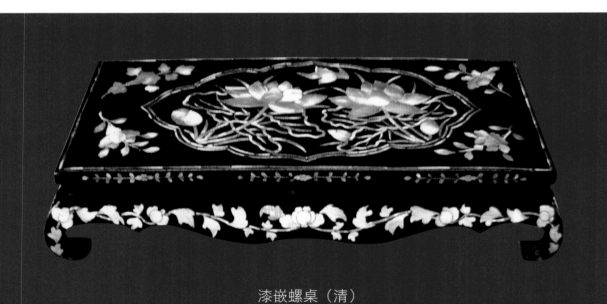

漆嵌螺桌（清）

红木四面开光坐墩（清）

紫檀直棂式坐墩（清）

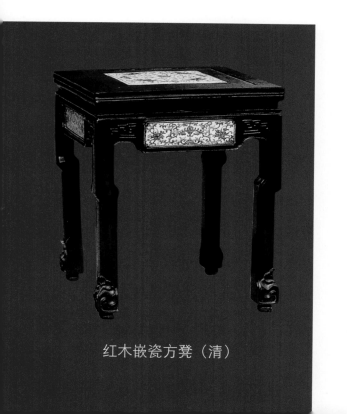

紫檀开光坐墩（清）

红木嵌瓷方凳（清）

黄花梨圆凳（清）

红木雕龙弯腿香几（清）

嵌螺细香几（清）

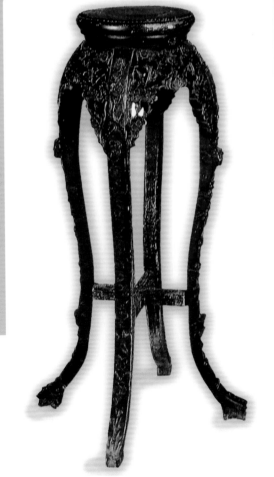

楠木雕梅花纹花几（清）

黄花梨雕双螭纹方台（清）

黑漆高浮雕橱柜（清）

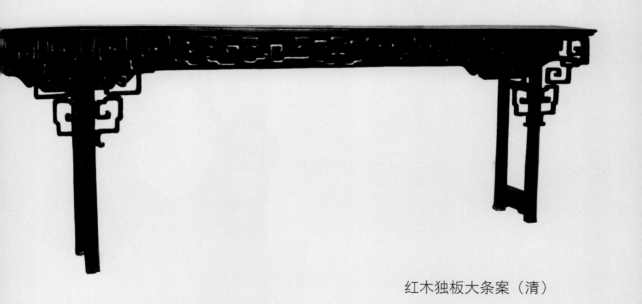

红木独板大条案（清）

红木镜台（清）

镜台（清）

红木嵌大理石凉床（清）

榆木雕龙开光罗汉床（清）

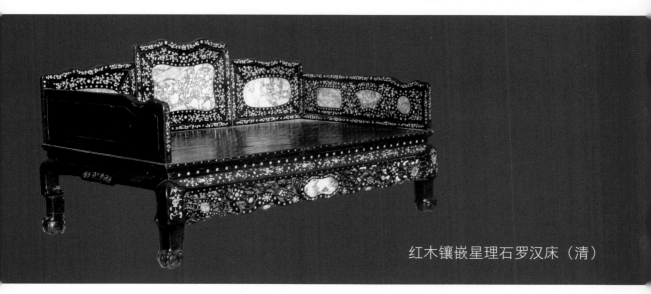

红木镶嵌星理石罗汉床（清）

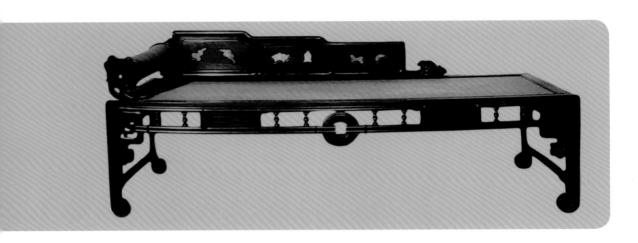

红木嵌理石美人榻（清）

红木架子床（清）

干工床（清）

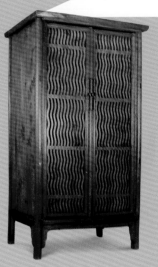

柏木曲线柜（清）

紫檀龙凤纹立柜（清）

紫檀雕花多宝格（清）

紫檀雕花多宝格（清）

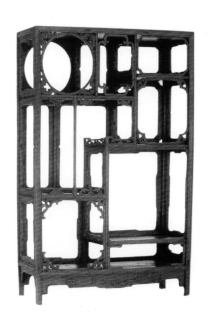

榆木四面空博古架（清）

镂空雕格扇窗花心（清）

第4篇

国外现代家具欣赏

美国设计师莉丽安·都得森作品　　　　美国设计师唐·金作品

美国设计师克莱伦斯·尼可尔斯作品

美国设计师巴利·格莱格森作品

美国设计师克莱伦斯·尼可尔斯作品

美国设计师迈克尔·埃蒙思作品

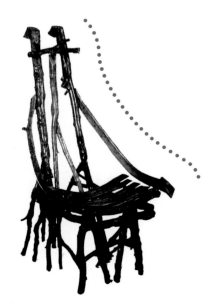

美国设计师埃莱内·萨依作品

美国设计师埃莱内·萨依作品

美国设计师戴威·罗宾逊作品

美国设计师
巴里·思奥兹作品

美国设计师
康内里尔斯·迈克作品

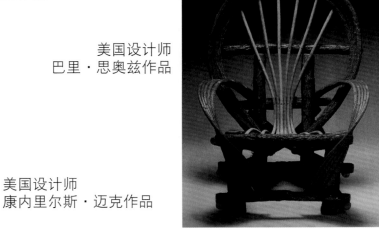

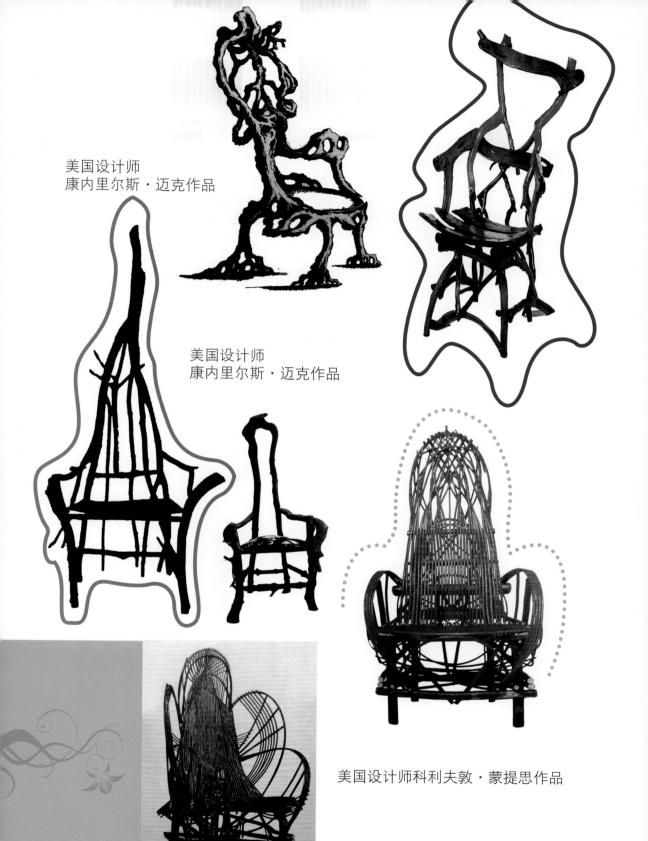

美国设计师
康内里尔斯·迈克作品

美国设计师
康内里尔斯·迈克作品

美国设计师科利夫敦·蒙提思作品

英国设计师
查尔斯·雷尼·麦金托什作品

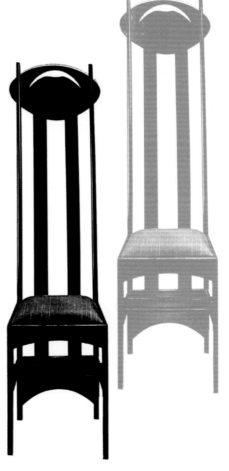

英国设计师
查尔斯·雷尼·麦金托什作品

丹麦设计师作品

丹麦设计师作品

丹麦设计师汉斯·瓦格纳作品

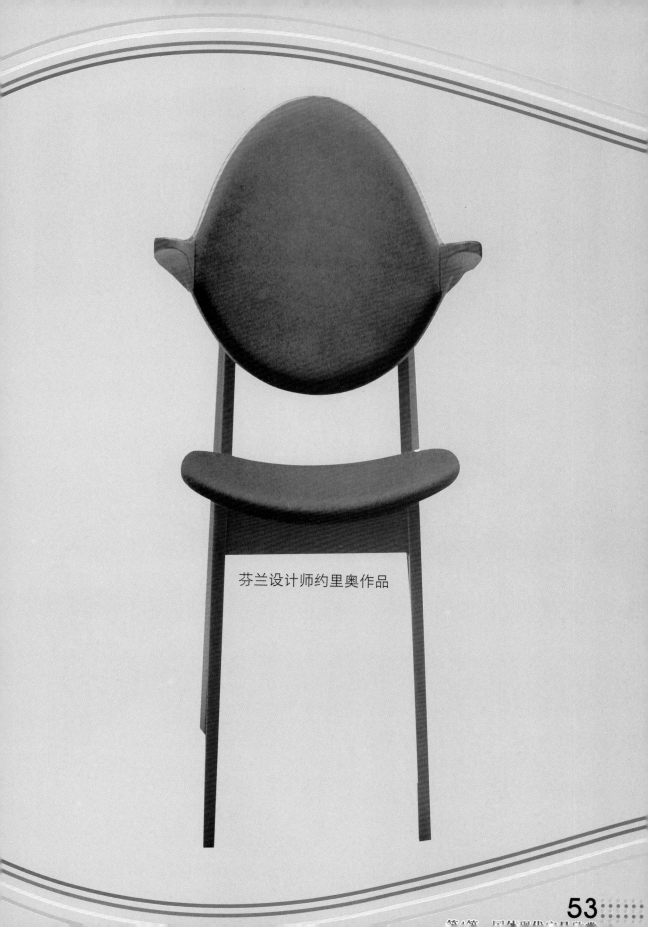

芬兰设计师约里奥作品

瑞士设计师格斯作品

丹麦设计师汤姆·沙尔托作品

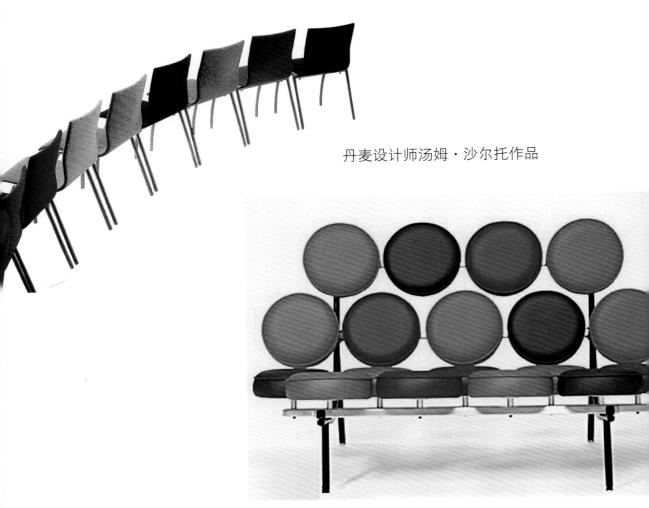

美国设计师乔治·尼尔森作品

意大利设计师作品

丹麦设计师作品

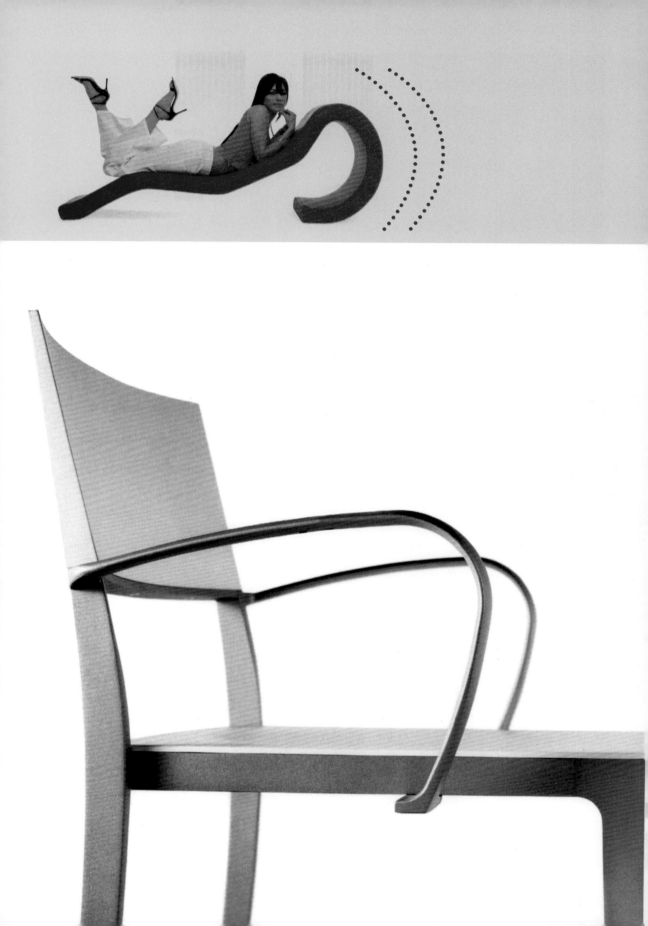

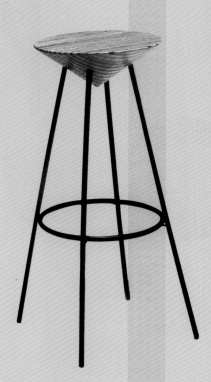

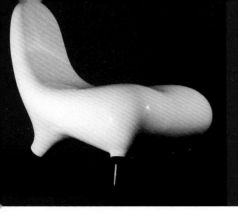

英国设计师阿希利·霍尔作品

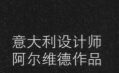

意大利设计师
阿尔维德作品

意大利设计师
北俊杰作品

意大利设计师
格里特·T·里特维德作品

意大利设计师
拉兹欧·拉斯科尼作品

意大利设计师安娜·卡斯特里作品

大卫·特鲁布日瑞杰作品

加拿大设计师汤姆·迪肯作品

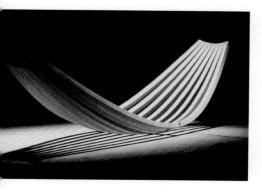

大卫·特鲁布日瑞杰作品

德国设计师罗恩·阿拉德作品

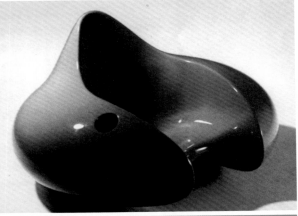

芬兰设计师阿尼奥作品

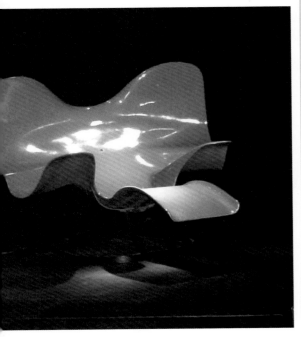

法国设计师作品

意大利设计师作品

芬兰设计师约里奥·库卡波罗作品

丹麦设计师福塞姆作品

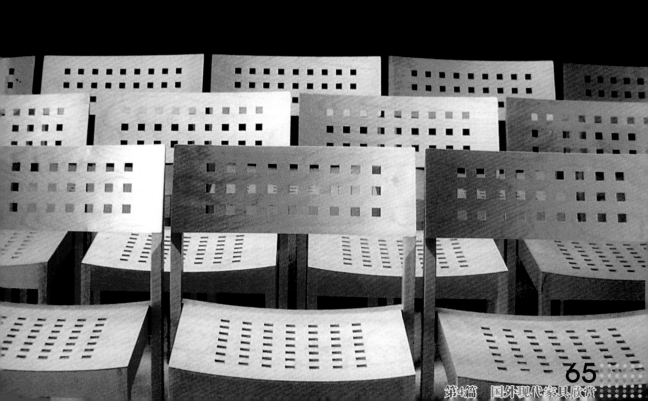

第4篇　国外现代家具欣赏

意大利设计师作品

丹麦设计师作品

瑞典设计师约翰·赫尔脱作品

意大利设计师作品

意大利设计师作品

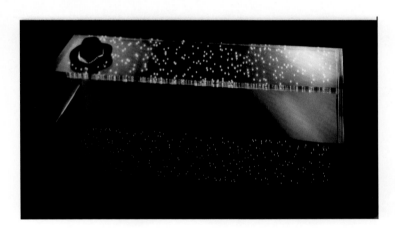

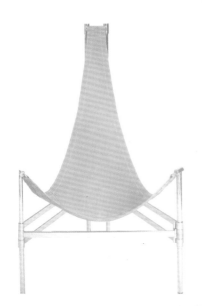

瑞典设计师作品

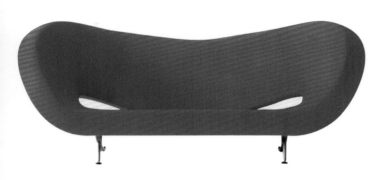

意大利设计师作品

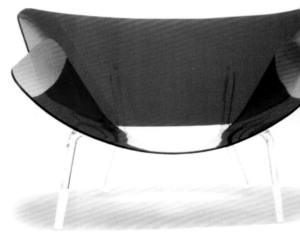

丹麦设计师汉斯·瓦格纳作品

意大利设计师克利斯坦·高林作品

法国设计师马克·纽森作品

意大利设计师德·帕斯作品

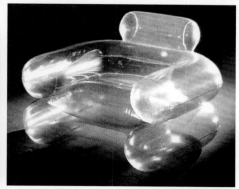

安娜·西特里作品

意大利设计师作品

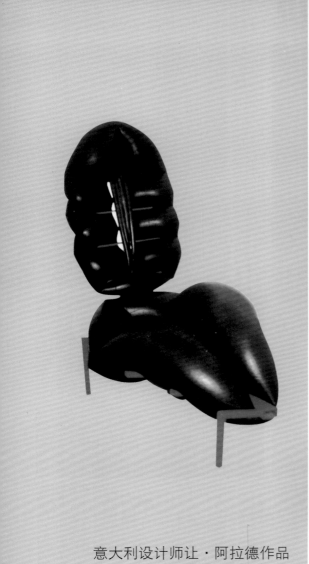

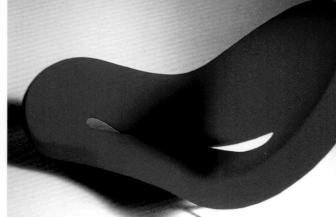

意大利设计师让·阿拉德作品

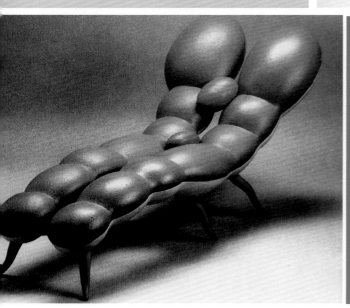

澳大利亚设计师马克·郝利森作品

英国设计师作品

保罗·吉奥纳多作品

阿亚拉·斯佩林·塞法蒂作品

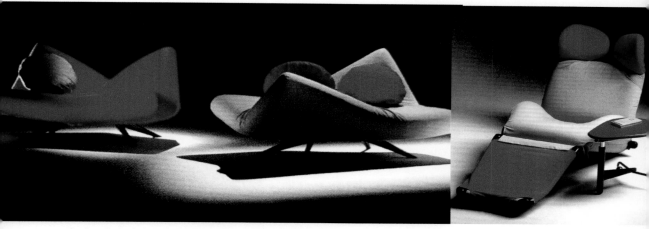

意大利设计师发布里琦奥·巴拉提尼作品

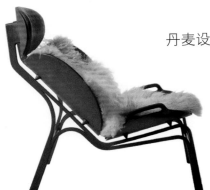

丹麦设计师汉斯·瓦格纳作品

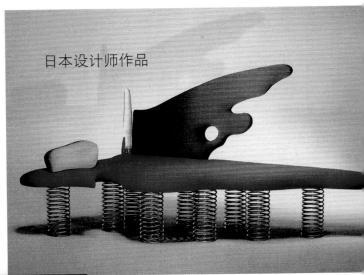

日本设计师作品

日本设计师作品

日本设计师作品

意大利设计师作品

意大利设计师罗德里克作品

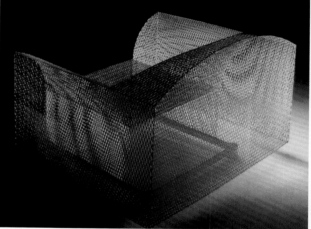

英国设计师作品

荷兰设计师罗斯·莱弗格劳夫作品

菲律宾设计师
安·帕明顿作品

菲律宾设计师肯尼思·库波普作品

第4篇　国外现代家具欣赏

O . 乔伯作品

日本设计师作品

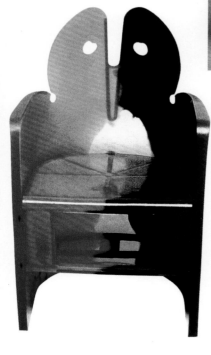

意大利设计师乔丹奴·佩斯作品

日本设计师作品

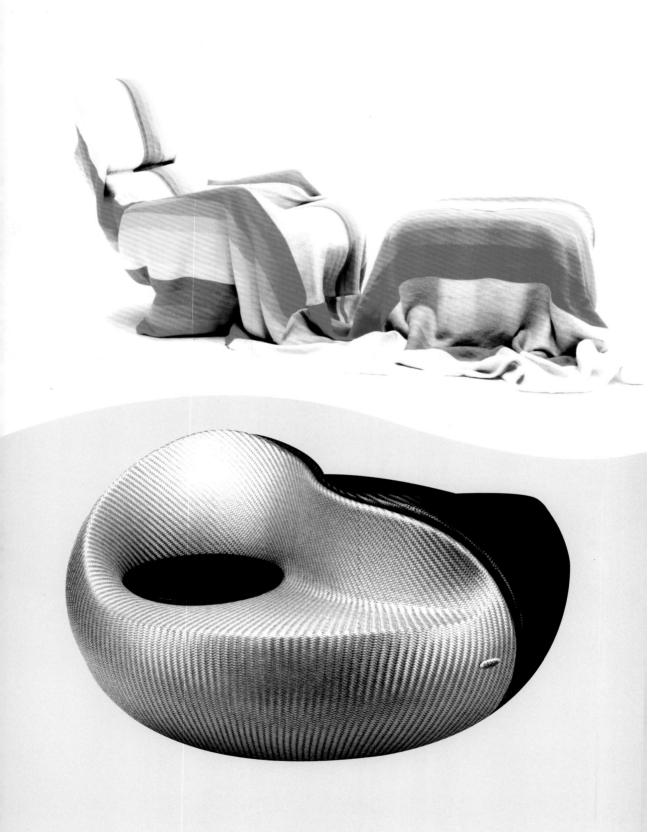

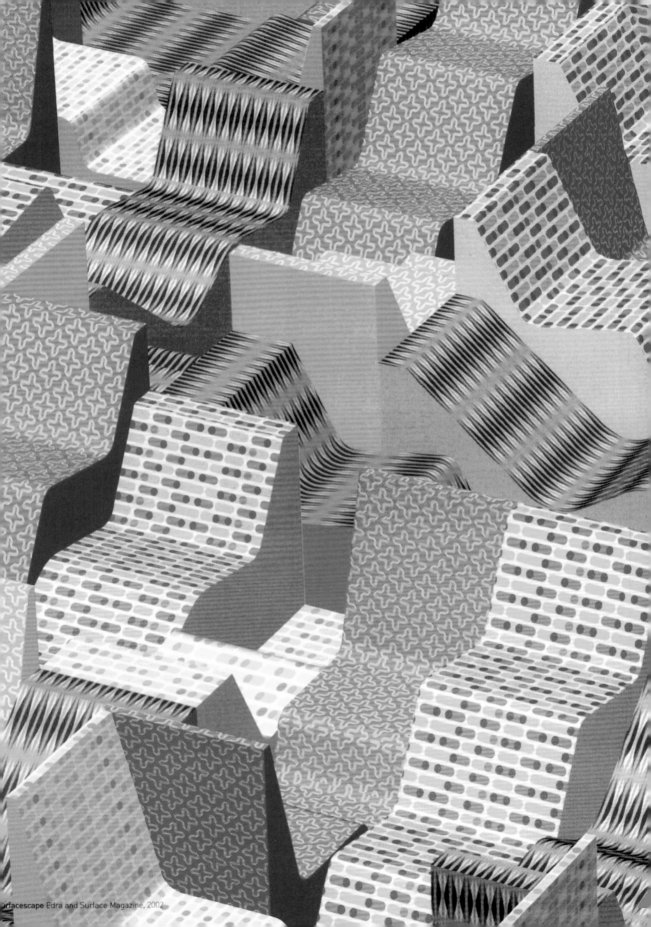

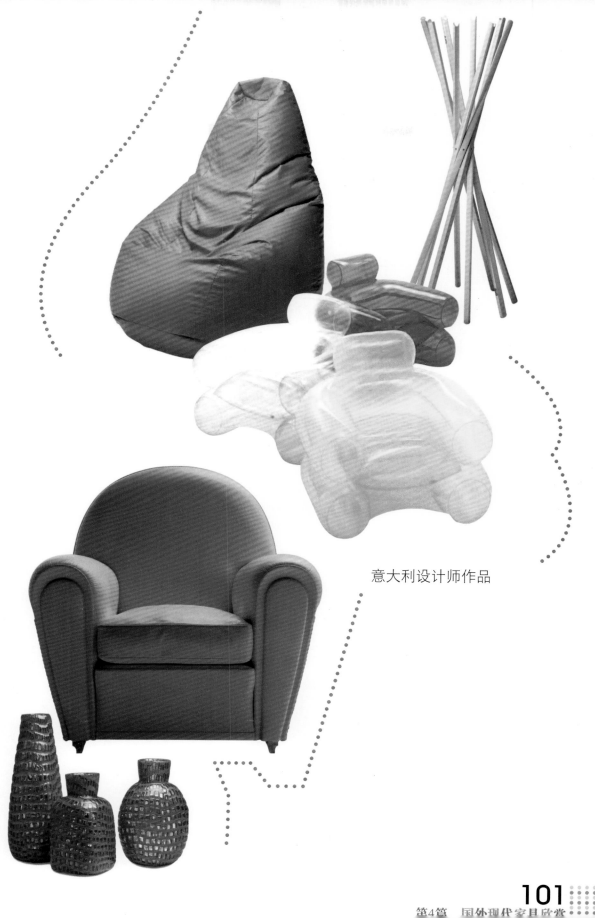

意大利设计师作品

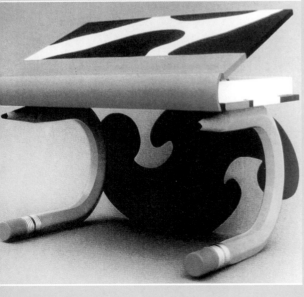

意大利设计师作品

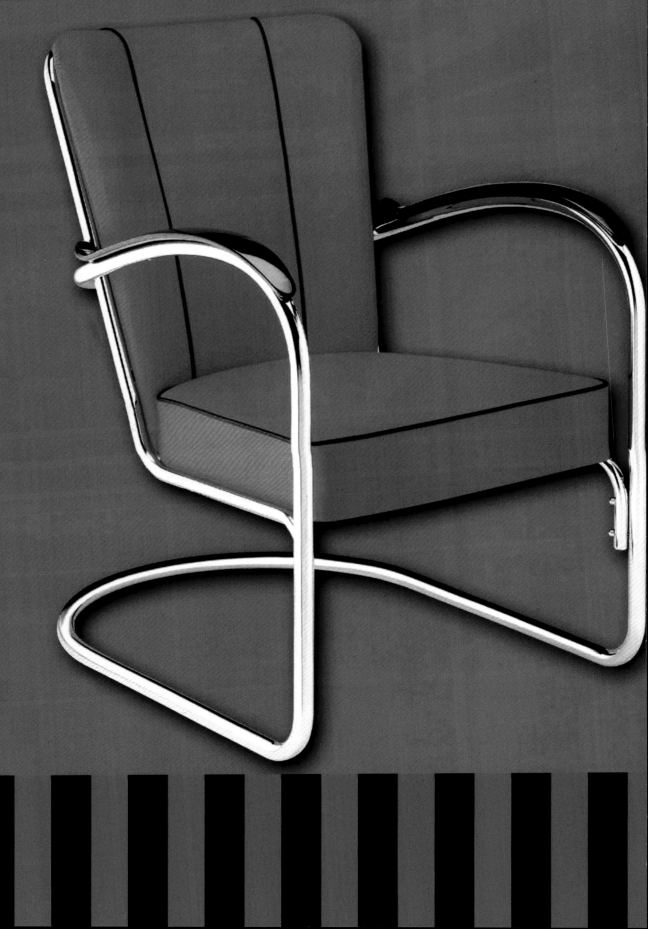

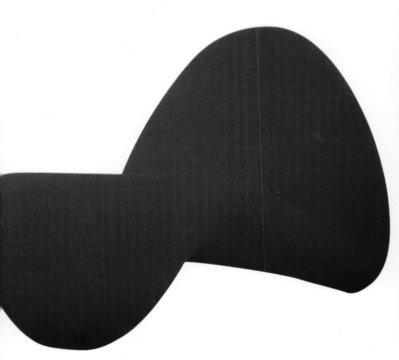

法国设计师皮尔·鲍林作品

法国设计师作品

意大利设计师作品

意大利设计师作品

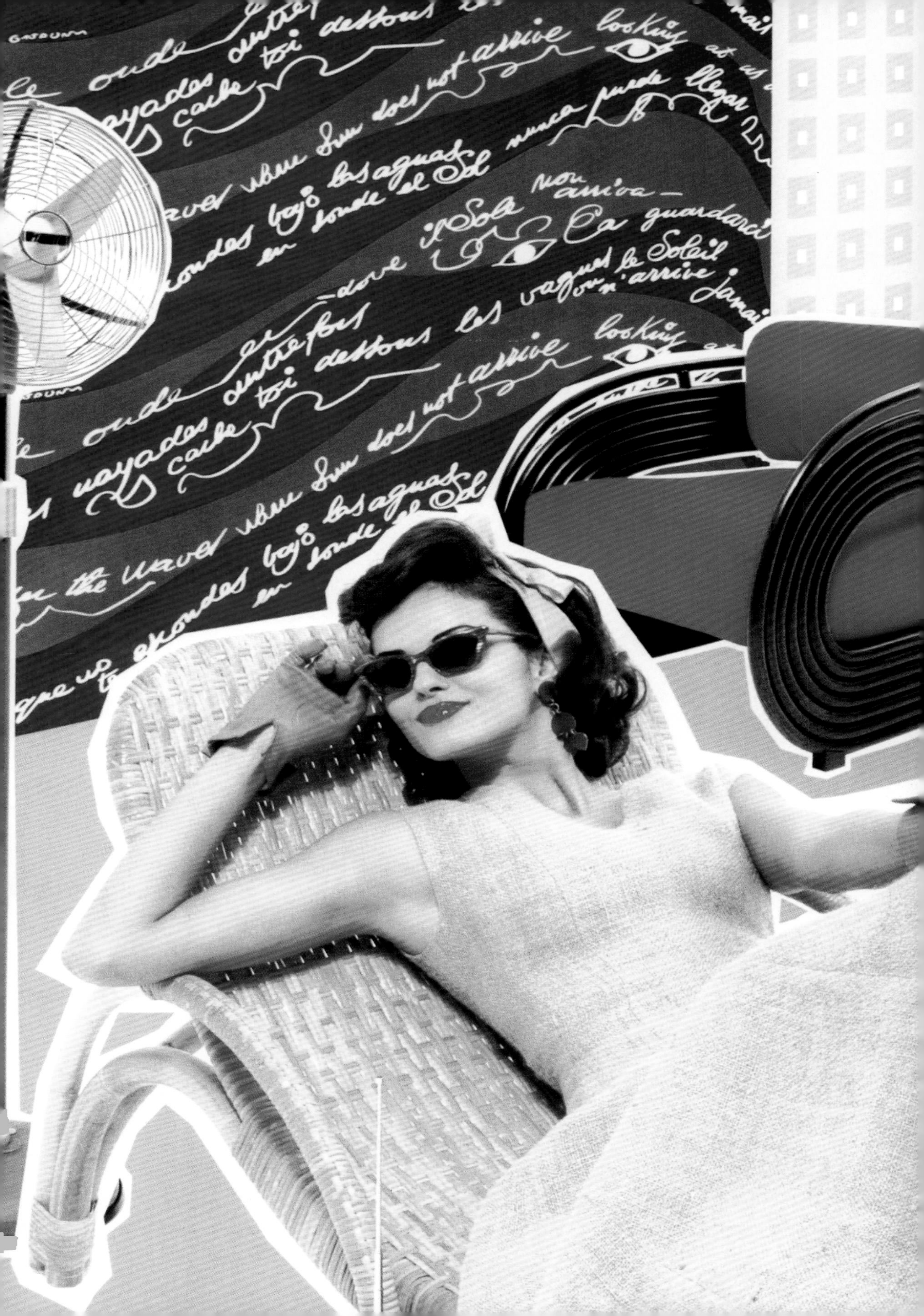

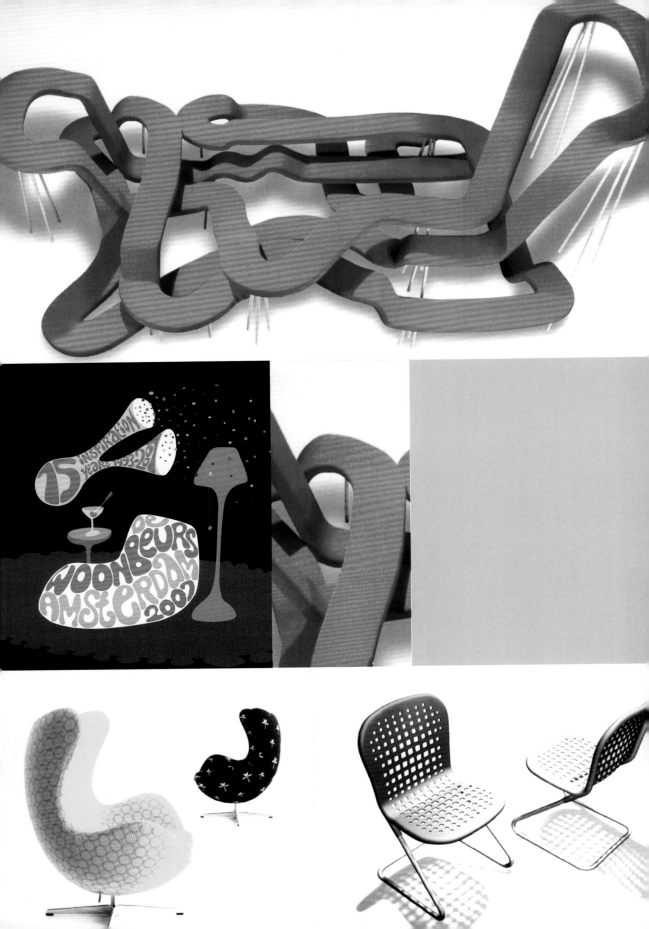

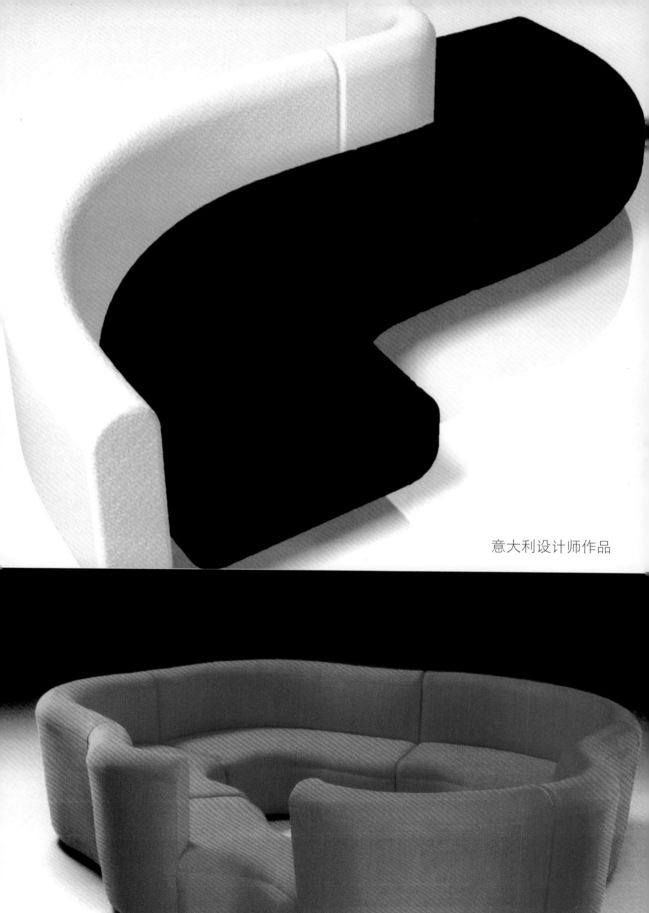

意大利设计师作品

美国设计师伊丽莎白·布郎宁作品

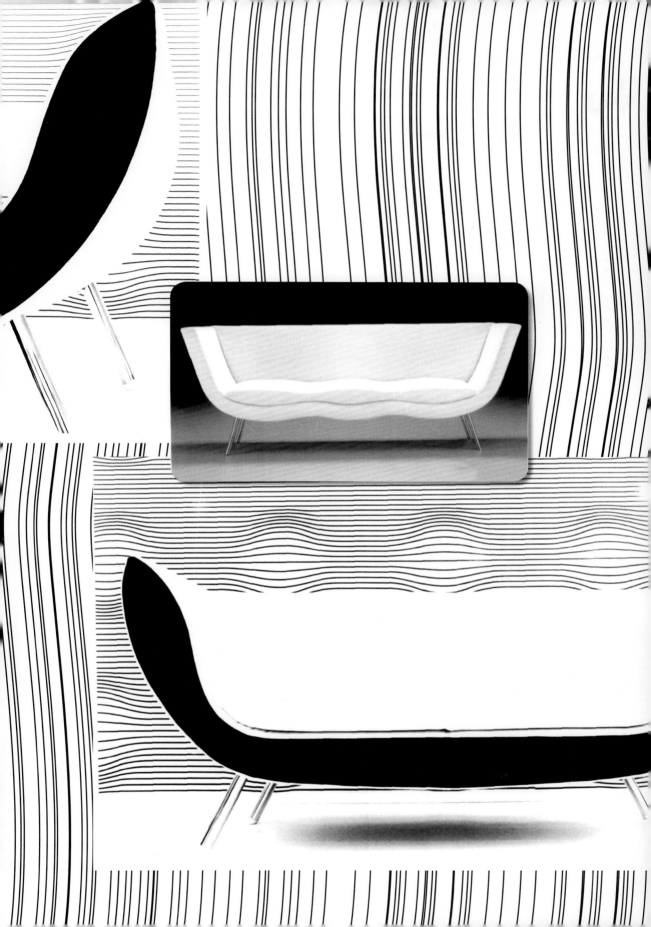

意大利设计师作品

意大利设计师作品

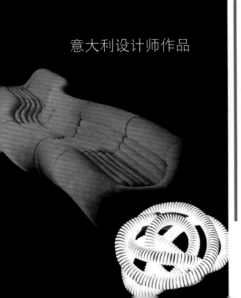

意大利设计师作品

法国设计师作品

芬兰设计师作品

法国设计师作品

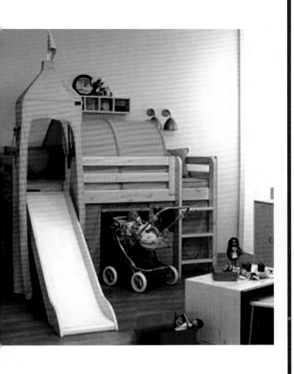

参 考 文 献

[1] 郭茂来. 家具设计艺术赏析. 北京：人民美术出版社. 2001.

[2] 王默根. 现代组合家具图例. 北京：北京工艺美术出版社. 1991.

[3] 王默根. 21世纪家具造型艺术. 北京：解放军出版社. 2000.

[4] 曾坚，朱立珊. 北欧现代家具. 北京：中国轻工业出版社. 2002.

[5] 金鑫，孙振杰. 新编家具与室内布置资料集. 长春：吉林科技出版社. 1992.

[6] 李风崧. 家具设计. 北京：中国建筑工业出版社. 1999.

[7] 唐开军. 家具装饰图案与风格. 北京：中国建筑工业出版社. 2004.

[8] [英]贾斯珀·莫里森，米凯莱·卢基等.家具设计. 北京：中国建筑工业出版社. 2005.

[9] 刘景峰. 中国古典家具收藏与鉴赏全书. 天津：天津古籍出版社. 2005.

[10] 胡德生. 明清家具鉴藏. 太原：山西教育出版社. 2005.

[11] 梁伟民. 世界家具与室内布置全集. 沈阳：辽宁科学技术出版社. 1992.

[12] [美]丹尼尔·迈克. 原木坊. 福州：福建美术出版社. 2005.